저
꽃눈처럼

사랑하며 살겠습니다

비가 오면 비에 젖고
눈이 오면 눈을 덮고
구름 내리면 몸에 두른 채
오랜 세월 동안 함께하신
두 분의 사랑을
본받고 싶습니다
기껏해야 백 년 사는
하찮은 두 인간이
육십 년 얄팍한 몸 숙여
팔백 년 마음 닮길 원하오니
부디 짙은 향기로 물들여 주세요
아름다운 삶을 위해
하루하루
사랑하며 살겠습니다

-소민과 라휘의 시와 사진이 있는 풍경 2-

Contents

Part 1

홍매 2

겨울 심장 녹여 낸
봄비의 촉촉한 숨결
여린 꽃잎 섬세한
핏줄에 스며들어
머뭇머뭇 벌어진
수줍은 붉은 입술
사분사분 걸어온
봄아씨 고운 손길에
보드레한 뺨 붉히며
속눈썹 파르르

「홍매 2」 전문

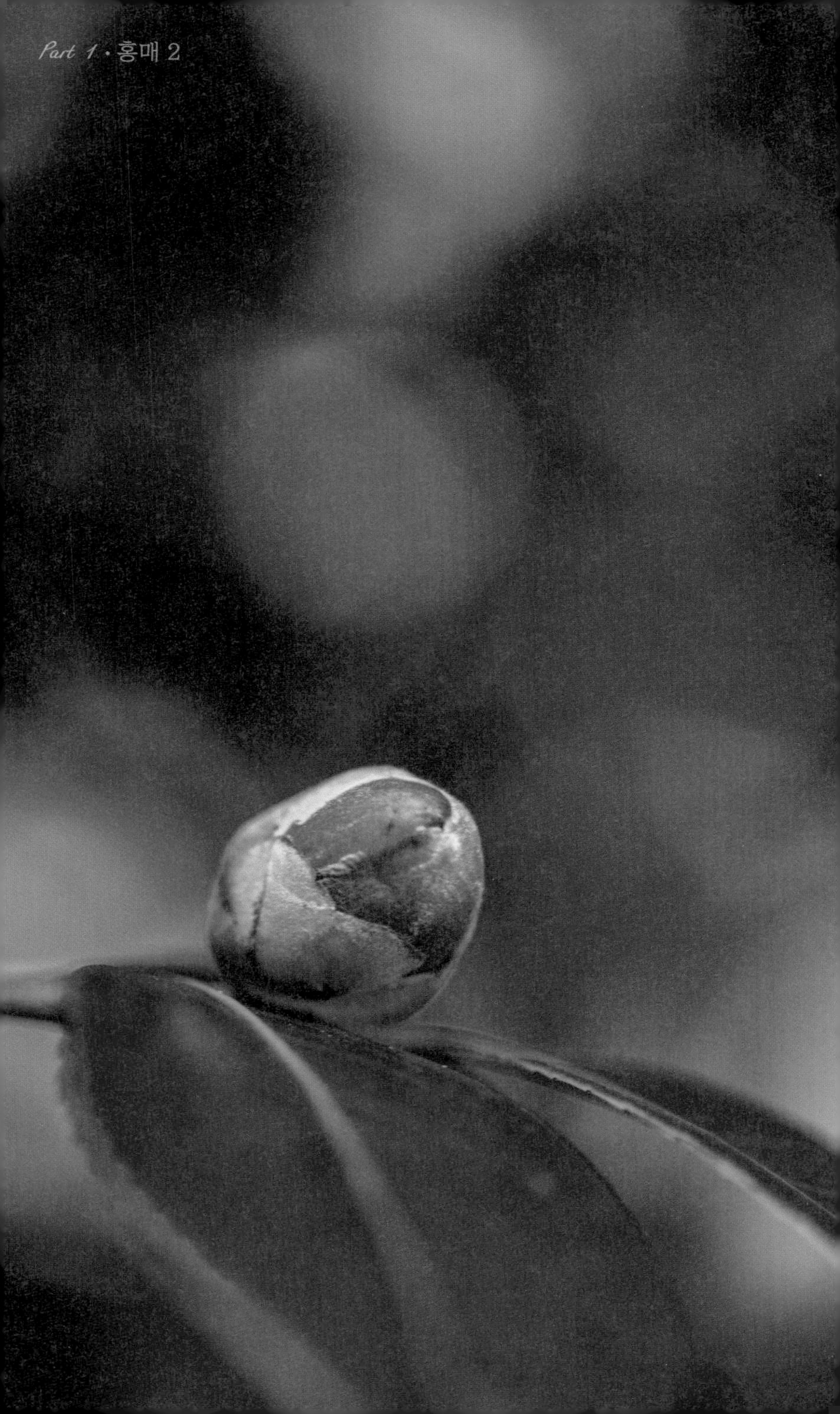

저 꽃눈처럼

세파가 거셀수록
더 단단해지고 싶다
바람이 찰수록
더 도톰해지는 저 꽃눈처럼

동백

여린 주먹 움켜쥐고
온몸으로 떨어져
진한 피울음으로 피어나는
노란 심장의 붉은 나비들
노을 진 하늘가로 날아오르는
시린 겨울의 넋

천리향

자고 나니 비가 왔다
창문 활짝 열어
메마른 집 안에
촉촉한 아침을 들인다

연둣빛 바람이
아장아장 걸어온다
베란다 화분마다
이른 봄이 톡톡 터진다

어라?
천리향 너
벌써 이마에
꽃등 달았니?

복수초

갈잎이 몸 바쳐
지켜준 양지에서
잔설 녹이고 고개 내민
어여쁜 꽃망울
노오란 햇살 마셔
벙긋 벙글어졌다
작은 얼굴 감싸 안은
섬섬한 고운 꽃잎
올망졸망 손잡은
꽃술에 맺힌 행복이
머뭇대는 봄을
일으켜 세우다

목련꽃눈

남실바람 속삭임에
고개 든 목련꽃눈
먼 산에 감도는
연둣빛 향기에
몸 쭉 내밀고
코 발름발름

서러워라

봄빛 머문 뜨락에
흐르는 햇살
몸단장 곱게 하고
나들이 나섰더니
흩날리는 눈발에
젖어 버린 분홍 저고리

도깨비바늘

겨우내 네 아이
지키느라 힘들었지?
이제 품에서
놓아도 돼
저기 봐
치마폭 벌리고 있는
포근한 흙할매
때론 내려놓는 것도
사랑이란다

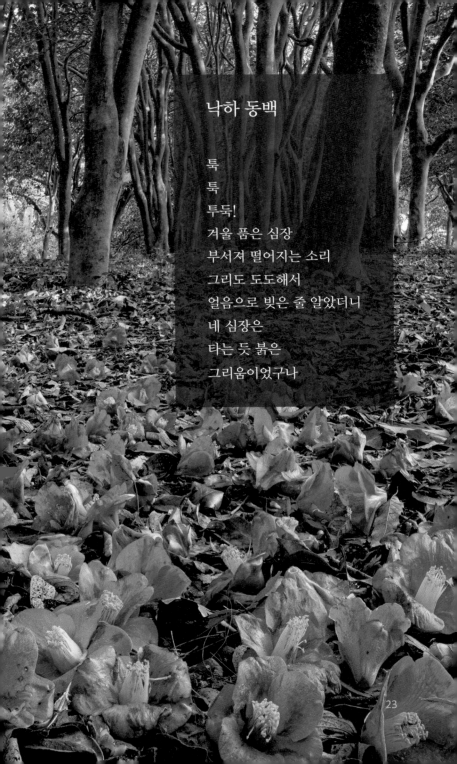

낙하 동백

툭
툭
투둑!
겨울 품은 심장
부서져 떨어지는 소리
그리도 도도해서
얼음으로 빚은 줄 알았더니
네 심장은
타는 듯 붉은
그리움이었구나

제비꽃

담벼락 아래 메마른 땅
제비꽃 한 포기
다른 색깔 다른 얼굴
곱기도 하다
지난겨울 모진 추위
어떻게 견뎠니?
가만히 들여다보다
마음이 그만
보랏빛으로 물들었다

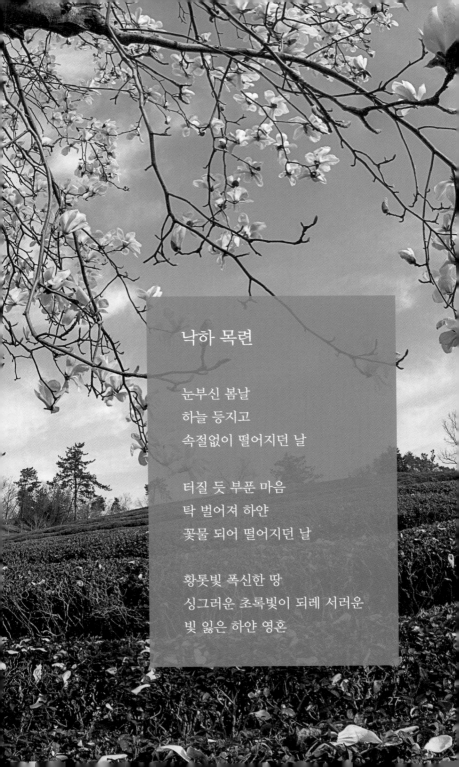

낙하 목련

눈부신 봄날
하늘 등지고
속절없이 떨어지던 날

터질 듯 부푼 마음
탁 벌어져 하얀
꽃물 되어 떨어지던 날

황톳빛 폭신한 땅
싱그러운 초록빛이 되레 서러운
빛 잃은 하얀 영혼

봄이 구른다

함쎄 어디 가요~
봄너물 뜯으러 밭에 가네잉
아따 고놈의 홍매 이쁘네잉
봄이잖여
긍께 아직도
새각시맹키로 가심이 벌렁거린당께
함쎄는 여자 아닌감?
긍께 말이시 흘흘흘…

아지랑이 아른아른
할머니들의 구수한 대화에
황톳빛 봄이 구른다

장미

비에 씻긴 하늘 뒤로하고
자전거 타고 오던 젊은 새댁
장미 두 송이 건네며
흐드러지게 웃는다
새댁의 얼굴만큼
탐스러운 고 붉음에
내 마음에도 그만
발간 노을이 피었다

흩뿌리다

빨간 꽃 노란 꽃
하얀 꽃 보라 꽃…
온 세상이 꽃 잔치
두 눈 감실감실
흐드러진 봄날에 취해
아득히 먼 곳까지
마음을 흩뿌리다

삘기꽃

햇살 고운 언덕배기
삘기꽃 무리에
빛바랜 시간이 잠방잠방
물장구친다
도톰하고 달금한
삘기 한 주먹
쥐여 주던 그 애는
지금 어디 있을까
한 장 한 장 넘기는
유년의 사진첩에
갈무리된 그리움이
하얗게 웃고 있다

보리

청보리밭 비단 바람
꿈결처럼 흐르더니
어느새 금빛 바늘숲 되어
살진 얼굴로 차올랐다
알알이 뽀얀 미소
풍성한 너의 향기
유월 바람 춤사위가 너그러운
숨은 이유

개망초

햇빛에 삶아
하얗게 바랜
작은 얼굴 망울망울
유월 안개가
미리내처럼 흐른다
애기구름 흘린 눈물
꽃으로 피어났나
옹기종기 모여 앉은
조그만 얼굴들 사이
머뭇대는 실바람이
여린 설움처럼 푸르다

Part 1 · 홍매 2

블루베리

탱글탱글 동그란 얼굴
옴폭 팬 볼우물
마주 보면 기쁘고
등 돌려도 괜찮다
탐스럽게 차오른
너의 참살이
보는 것만으로도
기분 좋은
하루가 또 여문다

푸른 수국

살살 문지르면
방울방울
푸른 이슬이
맺힐 것 같아

꼬옥 짜면
조르륵
푸른 물이
흐를 것 같아

살짝 간질이면
까르륵
푸른 웃음이
쏟아질 것 같아

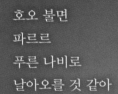

호오 불면
파르르
푸른 나비로
날아오를 것 같아

손댈까 말까
머뭇머뭇
푸른 그늘 맴돌다
저물어 버린 하루

어린 해바라기

어린 해바라기가
비를 맞는다
허리를 꼿꼿이 펴고
비를 맞는다
덜 여문 다리를 휘감는
흙탕물을 견디며
세찬 비의 두드림에도
결코 굴하지 않는다

아직은 고개
숙일 때가 아니다
두터운 구름 헤치며
그분이 오실 때까지
째깍째깍 힘겹게
걸어가는 시간 위로
샛노란 그리움이
한 겹 한 겹 차오른다

접시꽃 사랑

뜨거운 햇볕 반죽해
빨갛게 구운 접시에
흐드러진 여름을
골고루 담는다

솜사탕 구름 한 접시
토막 무지개 한 다발
바람 가루 한 자루
노란 꿀물 한 방울…

고추잠자리가 한 입 냠냠
개미가 한 조각 슬쩍
나비가 한 대롱 쪼오옥
벌이 두 뭉치 끙끙

하루 종일 상 차려도
힘들지 않은 이유
찾아올 이 아직 있고
나눠줄 게 있기 때문

초롱꽃

이른 아침 부드러운 햇살
잘랑잘랑 진분홍 초롱꽃
뎅그렁 뎅그렁
보이지 않는 종소리
들려올 때마다
꽃물 든 이슬이
바람결에 톡톡!

매미

무더운 여름밤
환한 달빛 아래
나무마다 매달린
쨍한 매미 울음
짧을수록 높은
악기의 건반처럼
수명 하루 줄 때마다
높아지는 네 소리

나뭇가지 그림자에
삶의 악보 다 그리면
투명한 날개 접고
마지막 길 가겠지만
마음껏 목청 높여
원하는 것 얻었으니
짧은 삶 서럽다고
후회하지 않을 거지?

Part 2

솜사탕 구름

솜사탕이 올라가
하늘이 된 날
하얗게 씻긴 마음
달콤하게 부풀다

「솜사탕 구름」 전문

일출

세상이 까만 눈을 들어
인간을 살피는 시간
온 누리에 남실대는
소망 담긴 기원이
잠든 태양을 깨운다

새까만 바다에 빛의 붓이 머물면
은빛, 금빛, 말간 주황빛
하늘빛, 연청빛, 그 고운 청보랏빛…
아물아물 이는 물결
속살대는 바다 노래

휘어진 고운 눈썹 밝은 눈매
화—악 퍼지는 붉은 치마
기지개 켜고 일어난 태양이
사람들의 소원 거두어
품에 안고 웃는다

아, 아!
눈부신 일 년이 태어난다
희망의 싹이 튼다
사위었던 내 꿈도
다시 피어난다

눈 편지

설탕 묻힌 꽈배기처럼
하얗게 눈 뒤집어쓴 나무들
몸 흔들 때마다
후르르 후르르
눈 조각 떨어지는 소리

새하얀 한지 찢어 적은
요술 손편지처럼
눈 조각 받아 들여다보면
그리워 그리워
소리가 날 것 같다

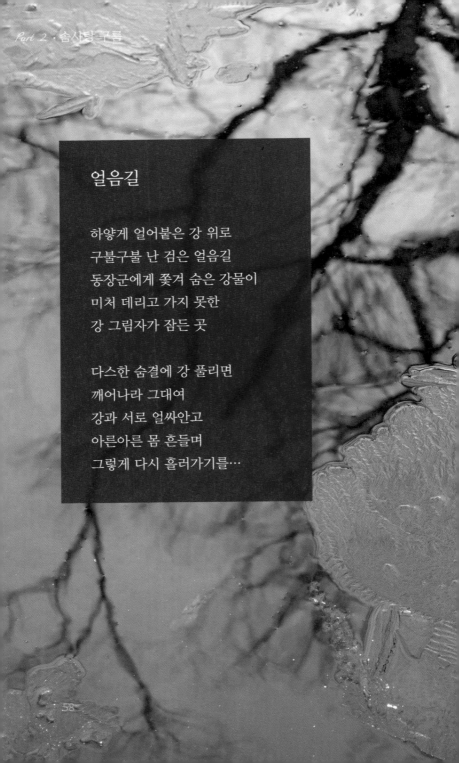

얼음길

하얗게 얼어붙은 강 위로
구불구불 난 검은 얼음길
동장군에게 쫓겨 숨은 강물이
미처 데리고 가지 못한
강 그림자가 잠든 곳

다스한 숨결에 강 풀리면
깨어나라 그대여
강과 서로 얼싸안고
아른아른 몸 흔들며
그렇게 다시 흘러가기를…

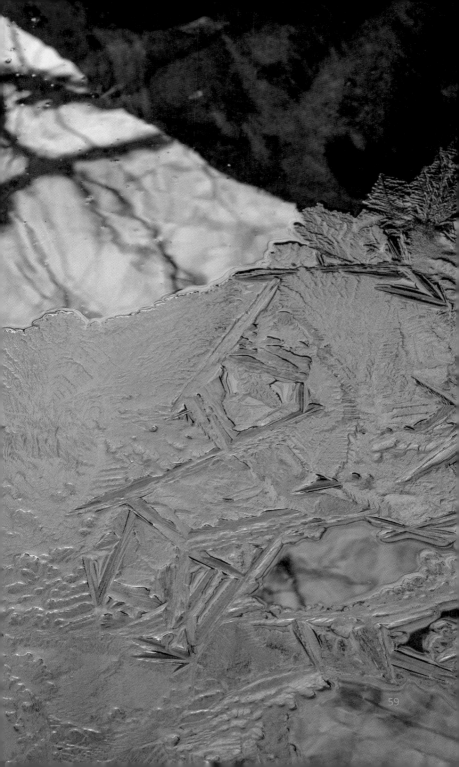

겨울비 오는 아침

겨울비에 잠긴 능선
보얗게 서성이고
섬세한 나뭇가지
젖은 손 흔드는 시간
둥지 위에 오도카니
나가 앉은 까치 한 마리
는개 머문 산허리를
고요히 응시하다

등대의 연가

당신이 가는 앞길을
밝힐 수 있다면
나는 시린 바닷물에
기꺼이 발을 담그겠습니다

당신이 다시 돌아올 길을
열 수 있다면
나는 짠 바람에
기꺼이 몸을 맡기겠습니다

당신이 길을 잃거나 쉬고 싶을 때
떠올리는 이가 내가 되기를…
오늘도 나는 꺼지지 않는 불빛으로
당신의 바다를 지킵니다

폐선(廢船)

한때는
누군가의 꿈
누군가의 희망
큰 기쁨이었을 텐데

소임 다한 몸 바다에 담그고
얼마나 오랫동안 그리
누워 있었니?

밀물과 썰물의 다독임에 삼킨 추억을
한 점 두 점 저며 어머니바다에 내어 주고
희미해진 망각이 초록 옷 입었으니
이젠 되었다, 날아오르렴
하늘 속에 비친 저 바다로

불어오겄다

안개 자욱한 아침 바다
부드러운 뱃고동 소리
봄기운 아물아물 일어
등대 머리에 서리니
이제 곧 저 섬 넘어
봄바람 불어오겄다
당실당실 어깨춤 추며
꽃바람도 따라오겄다

삼월 봄비

삼월 첫날 아침
비가 내린다
나는 동백꽃차 한 잔 들고
창가에 서서
밖을 내다본다

출렁이는 바닷물 위
묶인 채 흔들리는 고깃배들
짙은 산허리에 피어오르는
흰나비 같은 운무
갈매기들이 날갯짓 멈추고
바람을 타고 있다

빠르게 흘러가는 비구름에
묻어온 향기 주머니들
흙 내음 구수한 산과 들에
내려앉아 톡톡 터지면
잎눈 꽃눈 입 벌려
앞다투어 받아먹는다

삼월 첫날 아침
비가 내린다
나는 동백꽃차 한 잔 들고
창가에 서서
물오른 봄을 맞이한다

벚꽃 길

나비인 줄 알았더니
팔랑팔랑 지는 벚꽃
벚꽃인 줄 알았더니
포르르 나는 흰나비
불쑥 내민 손끝을
겸연쩍게 거두어들인
아슴아슴 봄날의
흐드러진 벚꽃 길

빗소리를 듣다

깊은 밤 홀로
창문 열고 누워
빗소리를 듣는다
빗소리를 입은
바깥의 소음들이
온화한 음표로 태어난다
온음도 아닌
멈춘 반음도 아닌
샵 샵 샵 플랫 플랫 플랫…
음의 틈새에
잔잔히 늘어진
내 마음이 쉬고 있다
순해진 귓속으로
찰랑찰랑 차오르는
비에 씻긴 내 영혼

벚꽃은 세 번 진다

심술궂은 봄바람에
떠밀린 벚꽃잎들
팔랑팔랑 날아내려
길바닥에 누웠다가
자동차 바퀴에 쫓겨
언덕 아래로 나풀나풀…

어스름 밤 그늘 내리면
흰나비 떼로 살아나
냇물의 넉넉한 품에
포르르 안기나니
봄밤의 별빛 아래
벚꽃은 세 번 진다

여름 노을

푸드덕-
노을이 날아내려
잠자는 바다를 덮쳤다
분분히 날린 깃털
물고기 떼 되어 헤엄치다
한 입 한 입 물어간
내 마음 얇게 빚어
반짝반짝 붉은
윤슬로 토해내다

폐교에서

이 년 전 문을 닫았다는
시골 초등학교
배롱나무 붉음에 홀려
찾아들었다
통학로는 억센 뿌리에
여기저기 갈라지고
노송으로 둘러싸인 운동장엔
잡초만 무성하다

독서하는 소녀상은
웃자란 풀이불에 쌓여 잠들고
이순신 장군 상의 긴 칼은
녹슬어 푸른 이끼에 갇혔다
아이들이 사라진 학교는
어쩜 이리 쓸쓸할까

외로운 하늘가에
흔들리는 배롱나무꽃
숭얼숭얼 맺힌 그리움에
여름이 붉게 탄다

저 여름꽃처럼

아무리 더워도
오늘 할 일은 해야지
한 번에 하나씩
천천히 차근차근
타는 듯한 무더위에도
제 색깔 잃지 않고 버티는
저 여름꽃처럼

아무리 더워도
하고 싶은 일은 해야지
한 단계 두 단계
마음 모아 정성 담아
물 한 모금 마시지 못해도
더욱 향기 짙어지는
저 여름꽃처럼

하늘이 푸를수록

하늘이 푸를수록
바다도 푸르러
그 시린 푸름 좇아
달리고 또 달리면
하늘과 바다
맞닿은 곳 그 어딘가
먼 옛날 사라져버린
이상향이 있단다

잠든 해의 숨결이
노을로 번지고
눈뜬 달의 웃음이
구름으로 피어나는 곳
별들의 발자국이
오색 동심원으로 휘돌고
바람의 기지개가
은물결로 출렁이는 곳

낮은 하늘 높은 바다
무지개 사다리 놓이면
세상 사람 소원 실은
파랑새들이 모여든단다
푸르디푸른 지저귐이
비처럼 내리면
사람들의 행복이
꽃씨처럼 톡톡 터지지

하늘이 푸를수록
바다도 푸르러
그 시린 푸름 좇아
달리고 또 달리면
하늘과 바다
맞닿은 곳 그 어딘가
먼 옛날 사라져버린
이상향이 있단다

반영

한여름 오후
뜨거운 햇살 피해
도망 나온 꽃의 영혼
그림자 날개 접고
사부작사부작
물속에서 노닐며
발간 얼굴 식히다

이 비 그치면

이른 아침
창문을 활짝 열고
세찬 비의 숨결을 들입니다
밤 내내
자잘한 음표처럼
귓전에서 둥당거리던 빗소리는
등 떠미는 바람의 응원에
더욱 몸을 부풀립니다
밀려드는 빗소리에
한 겹 한 겹
내 맘에도 물이 듭니다

흐릿한 산허리에 머리 푼
나무들 춤사위 사이로
발발 기어 온 가을이
슬쩍 내게 안깁니다
고개 갸웃하며
배시시 웃습니다
이 비 그치면 나는
또 하나의 계절과
사랑에 빠지겠지요
어머? 갑자기
가슴이 둥당거립니다

띄우다

은하수 폭포 떨어져
구름 거품으로 피어나는 밤
외로이 불 밝혀
소원 등을 띄우다

늙은 나무

수명이 다할 날 가까워지면
나무는 아낌없이 제 몸을 내준다
이끼에게 살을 떼어주고
버섯에게 뼈를 바치며
벌레에게 모공 열고
버석한 팔은 새 둥지로 내놓는다

수명이 다할 날 가까워져도
나무는 여전히 소임을 잊지 않는다
울룩불룩 굳어가는 물관 다발에
느릿느릿 피를 돌리고
부치는 숨결 고르며
정성껏 꽃과 잎새를 빚어낸다

무거운 몸 아래로 흐르는
옹이진 시간 위에
세월의 더께가 짙게 앉아도
어린 나무일 적 아득한
연둣빛 새순의 꿈을 잊지 않기에
늙은 나무는 서럽도록 아름답다

우주가 되겠다

고요한 달빛 내린 외길
걸으며 꿈을 줍는다
빛나는 조각 담으며
마음이 설렐 때마다
나의 하늘에는
별이 하나씩 태어난다
색색의 별들이
손을 맞잡고
은하계를 이루면
내 마음은 또 하나의
우주가 되겠다

93

가을 바다

가을밤엔 유난히
바다가 가깝다
잔잔하게 일렁이는 반영이
종종걸음으로 다가와
창문 두드리면
앙금처럼 가라앉은
밤하늘이 몸 일으키고
덩달아 깨어난 샛별이
맑은 눈 깜박인다
조각달 깊이 잠들고
별빛이 이슬처럼 내리는 밤
가을 바다에 깃든 다정에
마음이 넉넉하다

비밀의 정원

푸른 하늘 눈부신 가을날엔
내 마음밭에
비밀의 정원 하나
만들고 싶다
자줏빛 소국같이 짙은 사랑
연보랏빛 소국같이 잔잔한 그리움
노오란 소국같이 환한 꿈
닮은 향기도 심고 싶다
담장에는 고운 등불 켜서
꽃빛 바래지지 않도록
고이 지켜주고 싶다

내 비밀의 정원에는
작은 의자도 놓고 싶다
지칠 땐 노란 의자
힘들 땐 빨간 의자
어깨에 힘 빼고
쉴 수 있는…
혼자라도 좋다, 둘이면 더 좋다
나란히 앉아
발 까딱이며
해묵은 가을 노래
흥얼거리고 싶다

초승달 2

바다 위에 누운 초승달
별빛 마시며 노닐다
사르르 바다 밑으로 녹아들다

꽃별 동화

별 부싯돌 탁탁 켜서
호롱불 켜고
별똥별 영혼 모아
씨앗을 빚어요
미리내 물 떠서
어린 모종 키우면
꽃 피고 열매 맺어
씨앗을 거두지요

잘 여문 홀씨를
온 누리에 뿌리면
사람들의 빈 화분에
한 알씩 숨어들고
무심한 눈길이
포근하게 바뀔 때
비로소 꽃봉오리에
숨결이 깃들죠

제 박자로 깜빡깜빡
숨 쉬던 꽃봉오리가
같은 파장 가진 이를 느끼면
향기 뿜어 불러요
어느 날 문득 당신의
가슴 한쪽이 따뜻해진다면
당신의 별꽃이
피었다는 증거예요

별빛 고운 가을밤
구절초밭을 지나다
누군가와 눈 마주쳤을 때
가슴 한쪽이 환해졌다면
주저 없이 손 내밀어
꼬옥 안아 주세요
세상에 하나밖에 없는
당신의 꽃별을

Part 3

눈이 내린다

눈이 내린다
내 마음속 까만 근심
저 눈으로
하얗게 덮고 싶다

「눈이 내린다」 전문

모닝커피

좋아요 한 스푼
소복하게 넣고
따스한 마음 가루
솔솔 뿌려서
모닝커피 한 잔을
만들었습니다
한 모금 두 모금
줄어든 커피만큼
찰랑찰랑 차오른
여유 시간으로
휴일 오전은 여전히
향기로 가득합니다

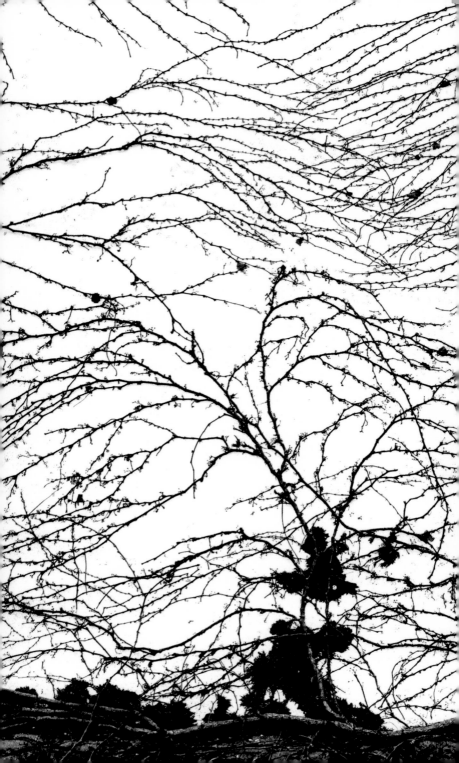

괜찮지 않아

괜찮을 거야
아니, 괜찮지 않아
하루에도 몇 번씩
오르락내리락
감정 그래프
걸리는 게 많으면
끊기도 힘들다

뭘까?

이건 말이야
다시 보지 못할 거라고 생각할 때
새로운 눈이 생겨
무심코 지나치던 것들이
의미를 갖고
스치듯 지나간 움직임에도
뒤돌아보게 되지

이건 말이야
무딘 감성을 갈아
감탄을 불러오고
처음 보는 음식도
용감하게 입에 넣으며
마음에 차지 않은 불친절도
기꺼이 감수하지

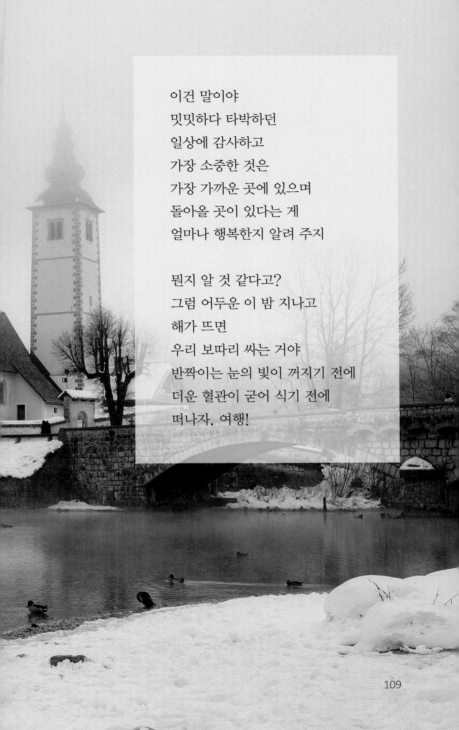

이건 말이야
밋밋하다 타박하던
일상에 감사하고
가장 소중한 것은
가장 가까운 곳에 있으며
돌아올 곳이 있다는 게
얼마나 행복한지 알려 주지

뭔지 알 것 같다고?
그럼 어두운 이 밤 지나고
해가 뜨면
우리 보따리 싸는 거야
반짝이는 눈의 빛이 꺼지기 전에
더운 혈관이 굳어 식기 전에
떠나자, 여행!

답이 보이지 않을 때

답이 보이지 않을 때엔
한 걸음 물러서기로 했다
뭉근히 기다리기로
마음먹으니
걸리는 일은 여전한데
끊을 용기가 생긴다

마음을 정갈하게 갈아
기나긴 희망을 쓰는 밤
바람은 서리처럼 차나
별빛은 수정처럼 맑다

첫 눈이 내린다

발자국

아무도 가지 않은
새하얀 눈밭 위에
한 줄로 반듯하게
발자국을 남겼다
누군가 따라올 때
허방 딛지 않도록
누군가 새길 낼 때
헷갈리지 않도록
한 발 한 발 더듬어
발자국을 남겼다

추억은

추억은
겨울 햇살 받아
무지갯빛으로 빛나는
구름송이 같은 것
눈 가득 담겨
색색으로 일렁이다
가슴 깊이 잠든 그리움 깨워
등불로 타오르게 하는 것

탓하기 전에

다른 이를 탓하기 전에
나를 들여다보자
생각보다 나쁘지 않잖아

그럼
긍정 마이크 들어
씩씩하게 외치는 거야

네 탓이 아니야
내가 선택한 거야
그러니 내가 책임질게

나의 길

세상에 존재하는 모든 것은
자신만의 길을 갖고 있다
무수한 길 중 허락받은
오로지 단 하나의 길
바다가 바다의 길을
등대가 등대의 길을
새들이 새의 길을 가듯
나도 나만의 길을 간다
길이 있다는 것만으로도
눈시울 붉어진 나는
오늘도 나만의 속도로
나만의 길을 걸어간다
끝없는 오늘이
눈앞에서 웃고 있다

빗길 위를 달리다

신호등 불빛 혀 내밀어
빗길을 쓸면
가물가물 깊어지는
기나긴 빛 그림자
얕은 빗물 강 속
거꾸로 흐르는 또 하나의 세상
눈높이 하나
달리했을 뿐인데
내가 마치 비켜선
그림자 같다

싶다

세사에 시달려
답답한 오늘
외로운 섬으로
가는 저 길처럼
나도 내 마음에
길 하나 뚫고 싶다

호미 하나 들고
자박자박 걸어가
얼어붙은 내 섬
마음밭 일구어
포근포근 아지랑이
피워 올리고 싶다

오늘을 충전 중

창가를 보고 앉아
늦은 아침을 먹는다
밥 먹고 살기 위해
하는 일이라는데
밥 한 번 느긋하게
먹을 시간 없었구나

소록대교 아래 하얗게
머리 내민 잔파도
빙글빙글 돌아가는
산책길가 풍향계
소찬에 손 얹은 풍경에
성찬이 부럽지 않아

산불 예방 외치는
낭랑한 확성기 소리
누군가 내일을 준비하는
또닥또닥 망치 소리
휴일에도 여전한
책임의 *끄트머리*

열심히 살아낸
수많은 어제가
오늘 이 짤막한
휴식이 되는 것처럼
나는 내일을 위해
오늘을 충전 중이다

바로 오늘처럼

몸은 힘든데
마음이 편한 게 좋을까
마음은 힘든데
몸이 편한 게 좋을까
몸보다 마음을
우위에 두었는데, 가끔은
바꾸고 싶을 때가 있다
바로 오늘처럼

23년 후

나도 저처럼
상처조차 꽃물로 번지는
부끄러움 없는 두 손으로
살아 있는 모든 것을
보듬을 수 있을까

나도 저처럼
가고자 하는 길로 쉽 없이 걸어온
부끄러움 없는 두 발로
내 삶의 정원을
나설 수 있을까

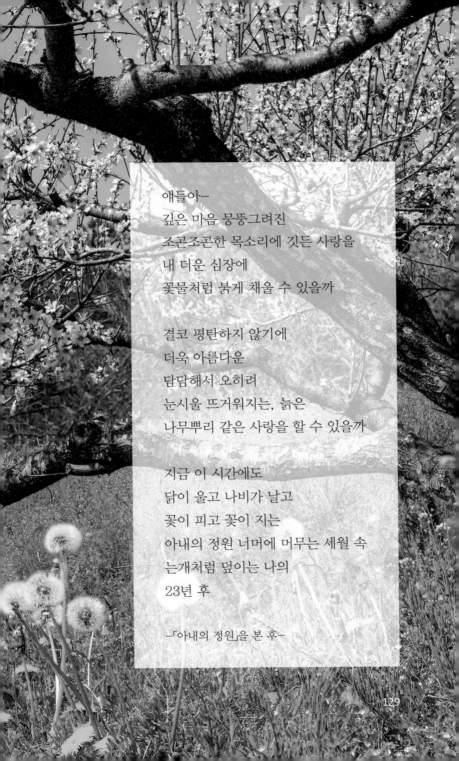

애들아―
깊은 마음 뭉뚱그려진
조곤조곤한 목소리에 깃든 사랑을
내 더운 심장에
꽃물처럼 붉게 채울 수 있을까

결코 평탄하지 않기에
더욱 아름다운
담담해서 오히려
눈시울 뜨거워지는, 늙은
나무뿌리 같은 사랑을 할 수 있을까

지금 이 시간에도
닭이 울고 나비가 날고
꽃이 피고 꽃이 지는
아내의 정원 너머에 머무는 세월 속
는개처럼 덮이는 나의
23년 후

―「아내의 정원」을 본 후―

129

이유가 있다

색깔이 달라도
크기가 달라도
서로 손 꼭 맞잡고
햇살 나눠 먹는다
자리가 좁아도
가질 것 적어도
밀쳐 내지 아니하고
빗물 나눠 마신다
아름다운 건 모두
이유가 있다

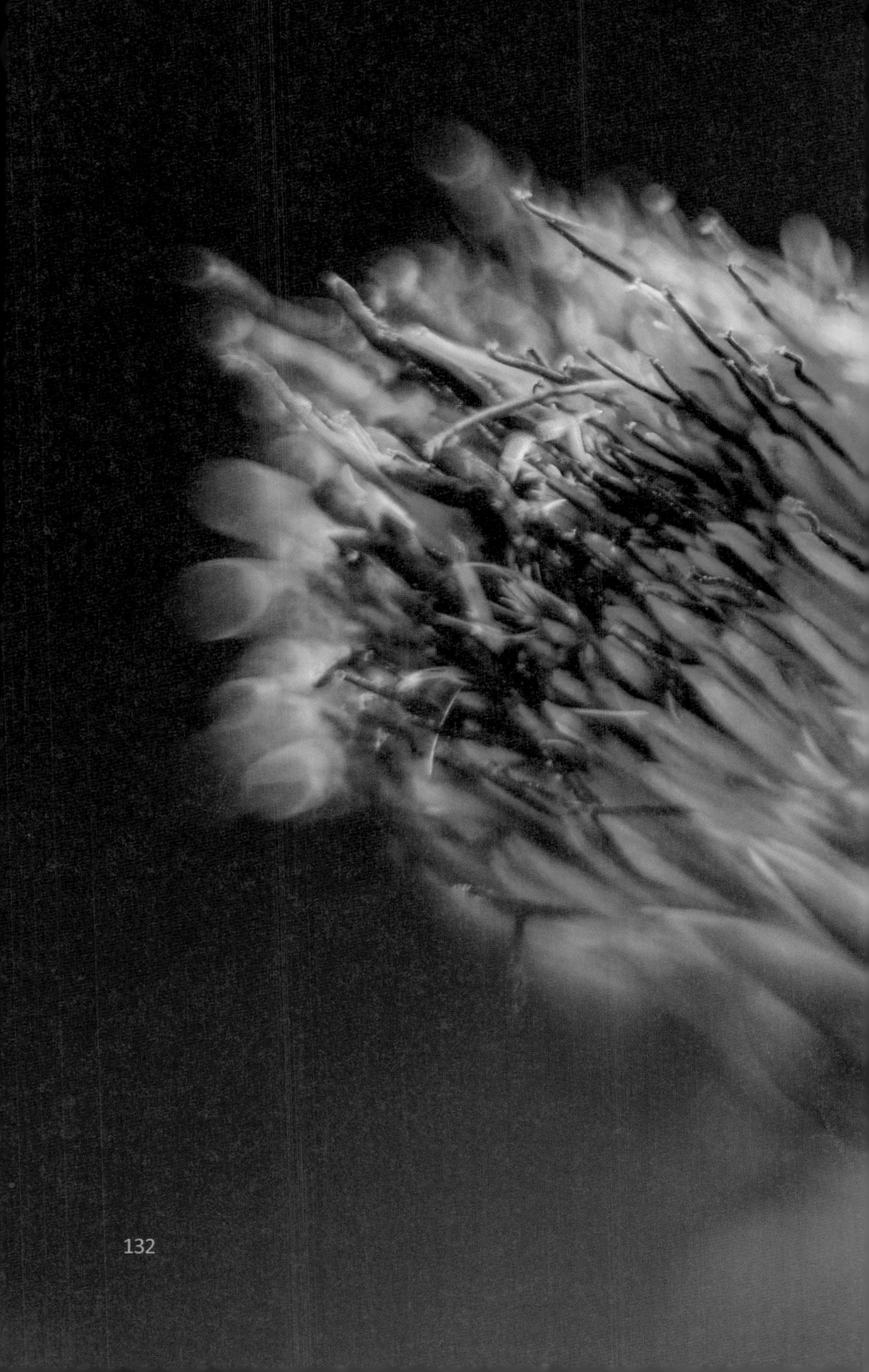

면역

이물질 받아들여
이틀 꼬박 앓고 나니
내 몸이 내 몸 같지 않다
익숙지 않은 것을
내 편으로 만든다는 건
따르는 부작용도
기꺼이 감수하는 것
완전을 바란다면 먼저
완전하게 내줄 일이다

가장 적절한 거리

너무 가까워지면
부대껴 깎이고
너무 멀어지면
데면데면 등 돌리죠
바람 불어도
부딪히지 않고
손 내밀면
잡을 수 있는 거리
오랜 만남 유지하는
가장 적절한 거리예요

불면

까만 밤을 갈아
글씨를 쓴다
잠이 오지 않는 밤
생각만 총총
별처럼 뜬다
온밤을 갈아도
끝이 보이지 않는다면
차라리 눈을 감자
닫힌 장막 아래로 흐르는
하얀 별길의 강

좋다

많이 찾는 관광지의 얕고 넓은
연못 같은 사람보다
한적한 청정지의 깊고 좁은
우물 같은 사람이 좋다
화르르 타올라 금방 사위는
불꽃 같은 사람보다
끊임없이 흐르는
고요한 강물 같은 사람이 좋다
필요할 때에만 찾아오는
철새 같은 사람보다
변함없이 제자리를 지키는
나무 같은 사람이 좋다

그런 사람을 닮고 싶다
그런 사람이 되고 싶다

단 한 걸음

밀물의 끝과 썰물의 시작
절벽 위와 절벽 아래

빗방울의 길이와 발걸음의 빠르기
비행기 출발 1분 전과 1분 후

안전 난간과 난간 너머
불길의 속도와 방화문과의 거리

말 한마디와 덧붙이는 또 한마디
내민 손과 잡는 손의 시간 차

단 한 걸음이
운명을 가름한다

찬찬히 살피니

뻣뻣하게 허리 펴고
카메라폰 들이대니
좋은 사진 찍으려면
바닥과 친해지란다
겸손하게 몸 낮추어
피사체를 올려다보니
비로소 본래의
아름다움이 보인다

굳어버린 나만의 잣대로
사람을 헤아렸으니
마땅함보다 마뜩잖음이
더 많이 보였구나
눈매 부드럽게 다듬고
무릎 굽혀 찬찬히 살피니
세상에 아름답지 않은 이
하나도 없다

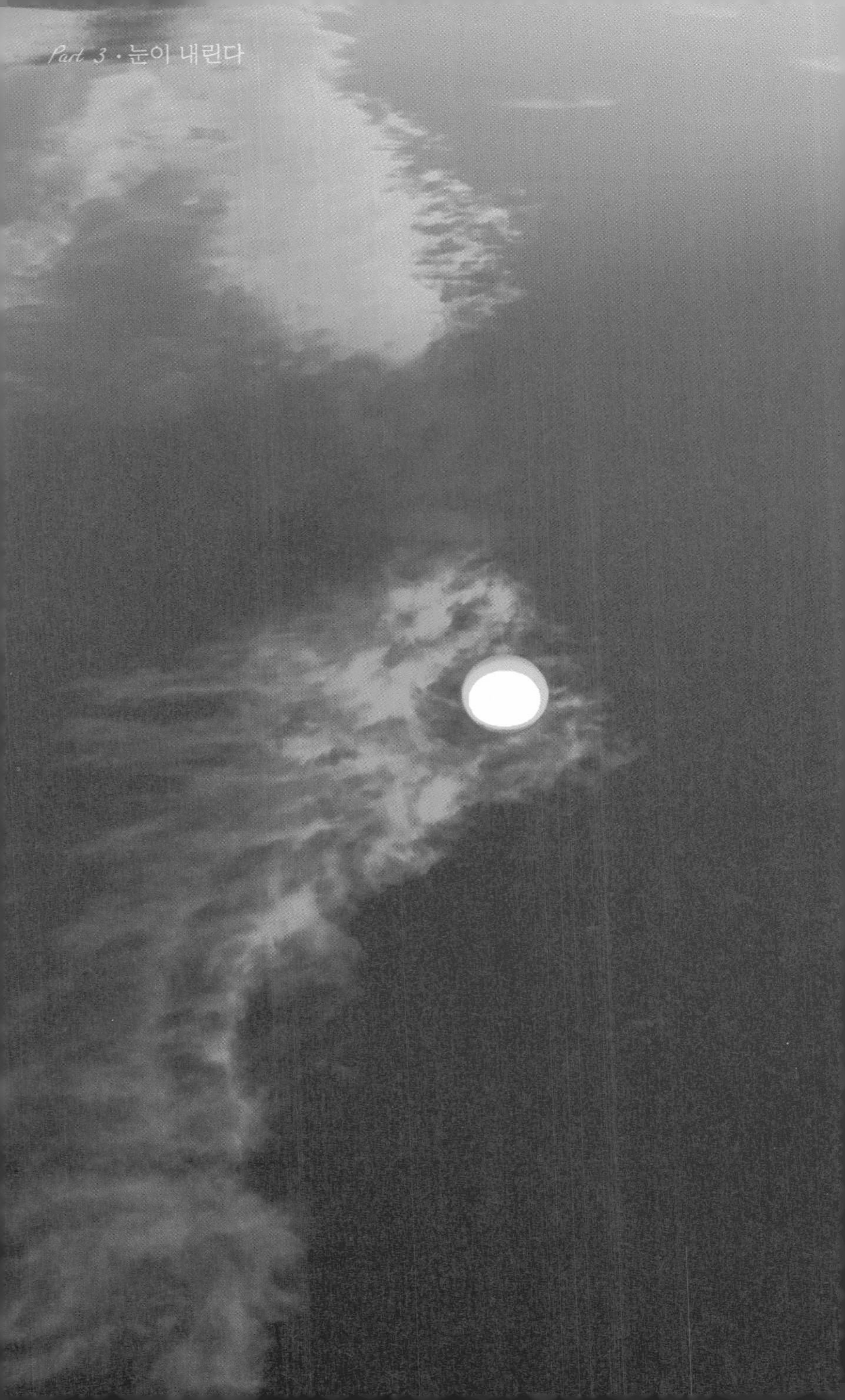

빛이 찬란할수록

새로운 것을 익히다 보니
일정한 경지에 오르기까지
얼마나 많은 시간과 노력을
쌓아올렸는지 알겠다

직접 해 본 사람만이
빛나는 영예 뒤에 가려진
깊게 팬 고난의 흔적을
꿰뚫어 볼 수 있다

가벼운 부러움보다
무거운 경의를 표할 이유
빛이 찬란할수록
그림자도 짙은 법이다

슬픈 분노

안에 쌓인 분노는
봉숭아 씨앗 같다
참고 참고 또 참다
옹송그리고 짓눌린 마음이
아주 작은 건드림 하나에
투닥닥 터져 흩어진다
미처 잡을 겨를도 없이…
주워 담을 수 없어서
더욱 슬픈 분노는
그렇게 흩어져
또 하나의 씨앗이 되고
아무리 다독여도
사랑의 꽃 되지 못한다
분노는 가깝고 후회는 머니
방향 잡아 가끔
부드럽게 터뜨릴 일이다

Part 4

올곧게

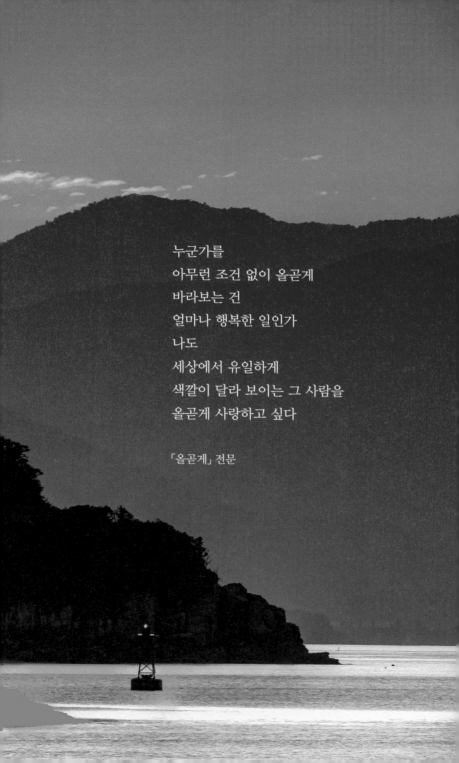

누군가를
아무런 조건 없이 올곧게
바라보는 건
얼마나 행복한 일인가
나도
세상에서 유일하게
색깔이 달라 보이는 그 사람을
올곧게 사랑하고 싶다

「올곧게」 전문

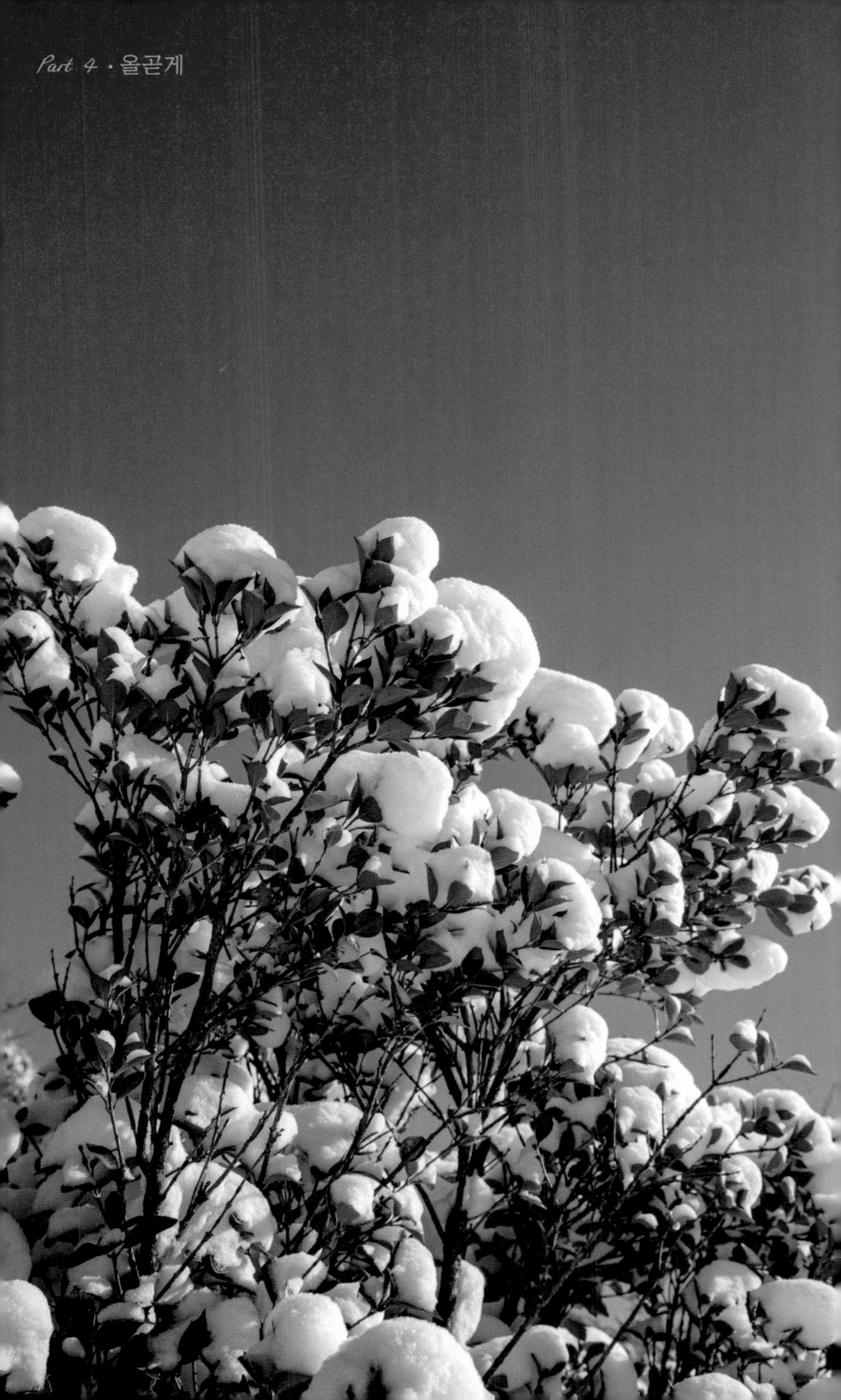

웃어줄까요

소담한 눈꽃 다발
똑똑 꺾어서
보고 싶다 마음 가루
솔솔 뿌려요
서릿바람에게 부탁해
단단히 굳히고
하늘 자락 길게 찢어
곱게 묶어요

비행기의 줄 구름에
딸려 보내면
그 사람 있는 곳에
내려 줄까요
보고 싶다 은가루가
나풀거리면
그 사람 눈치채고
웃어줄까요

고드름

방 안에서도 하얗게
입김 올라오는 아침
슬레이트 지붕 아래
고드름 툭툭 꺾어
아랫집 남자애랑
칼싸움했지

부서진 얼음 조각
인색한 햇살에 빛날 때
쫓기고 또 쫓다가
정지문 벌컥 열면
엄마보다 먼저
아궁이가 나를 반겼지

꽁꽁 언 손 덥석
불 앞에 갖다 댔다
화끈화끈 아린 손에
팔짝팔짝 뛰면
그래 갖고 손이 타겠냐
엄마 핀잔에 눈물 글썽였지

미지근한 물 한 바가지에
손 담그고 내다본 사립문
씩씩대며 돌아가는 남자애의
뒤통수에 메롱 날려 주다가
거꾸로 매달려 땀 똑똑 흘리던
고드름과 눈 마주쳐 참 머쓱했었지

멀다

요양병원 문 걸어 잠근 지
햇수로 거의 삼 년
엄마가 있는 십 층
차마 올려다보지 못한다
엎드리면 코 닿을 듯
가깝기만 하건만
문 너머 세상이
참으로 멀다

할머니와 홍시

비닐 친 뿌연 창문 너머
나뭇가지 얼어붙은 밤
설설 끓는 아랫목에
아픈 손녀 앉힌 할머니는
네모난 대나무 석작 내려
아껴둔 홍시를 꺼내시었다

이 빠진 백자 사발 속
검붉은 속살 한 숟가락 떠
칭얼대는 어린 손녀
메마른 입술에 갖다 대고
어르고 달래며
한 입 한 입 먹이시었다

옴막옴막 받아먹고
잠든 손녀 다독이는
주름진 손 위로 맴도는
주홍빛 가을 향기 너머
단정하게 쪽진머리 그림자가
창가에 밤새 일렁이었다

엄마는 엄마인데

세 살 땐
엄마 없으면 못 살아

서른세 살 땐
엄마 때문에 살아

쉰세 살 땐
엄마 때문에 못 살아

예순세 살 땐
엄마 생각만 해도 눈물이 나

일흔세 살 땐
엄마, 엄마, 우리 엄마…

자식

네가 조금만 기쁘게 해도
곱하기 되어 두 배로 기쁘고
네가 많이 서운하게 해도
나누기 되어 반만 서운하고

무소식이 희소식이라 달래도
네 전화 오면 반갑고
하루 종일 네 생각해도
부족한 듯 그립고

휴식

창 안으로 들어오는 볕이
참 따뜻해
나무늘보처럼 볕 따라
이리 뒹굴 저리 뒹굴
바쁜 뒤끝 휴식이라
더 달콤한가 봐
좋은 사람이 건넨
진한 달고나 한 잔에
느릿하게 걸어가는 시간
창 너머 동백나무에서
톡톡 꽃망울 터지는 소리

수저 한 벌 더 놓았을 뿐인데

꼭두새벽 찬바람 어깨에 달고
쑥 들어선 반가운 사람
그리움 재운 이 년 남짓 세월이
껑충 뛰어 눈앞에서 웃는다
아이고 우리 갱아지 얼렁 와라
손 씻고잉
덥석 안으려다 옷깃 슬쩍 당기니
환하게 웃는 얼굴이 참 좋다

좋아하는 불고기
양념게장에 오징어볶음
톡 쏘는 갓김치
뜨끈한 잡채에 시원한 식혜
웃음꽃 양념 듬뿍 뿌려
정성껏 차린 밥상
수저 한 벌 더 놓았을 뿐인데
온 세상이 내 것 같다

눈물이 날 것 같아

째깍째깍 시계 소리
귓가에 걸고
다다닥 발자국 소리
슬리퍼 뒤에 매달고
그렇게 일주일을
정신없이 살았구나
몰라 몰라 오늘 이 시간
잠시 파업할 거다
저기 저 서녘 하늘에
노을이 길게 눕고
마법의 시간이
푸르게 드리워질 때까지

좋은 사람 졸라서 얻은
수제 달고나 커피 들고
창가에 기대서서
마음줄 늘이니
해 지는 하늘가에
비행기의 하얀 꼬리
연둣빛 곰실곰실
먼 산머리에 걸린 봄빛
보고픈 이의 반가운 전화에
눈물이 날 것 같아
그리움 일렁일렁
해 지는 봄의 길목

사랑표

솔바람 들이고자
베란다 문 열었더니
송홧가루 날아와
세탁기 위에 앉았다
보드레한 가루 덮인
노란 뚜껑 도화지에
손가락으로 그린
그이의 하트 하나
솔향기 사랑표에
퐁퐁 솟는 웃음샘

보고프다

감나무 여린 새순
녹아들 듯 번지고
등꽃이 꽃등 켜는
사월의 해 질 녘
사르르 눈 감으면
노을처럼 스며들어
눈시울 붉게 타는
그리운 얼굴 하나
참
보
고
프
다

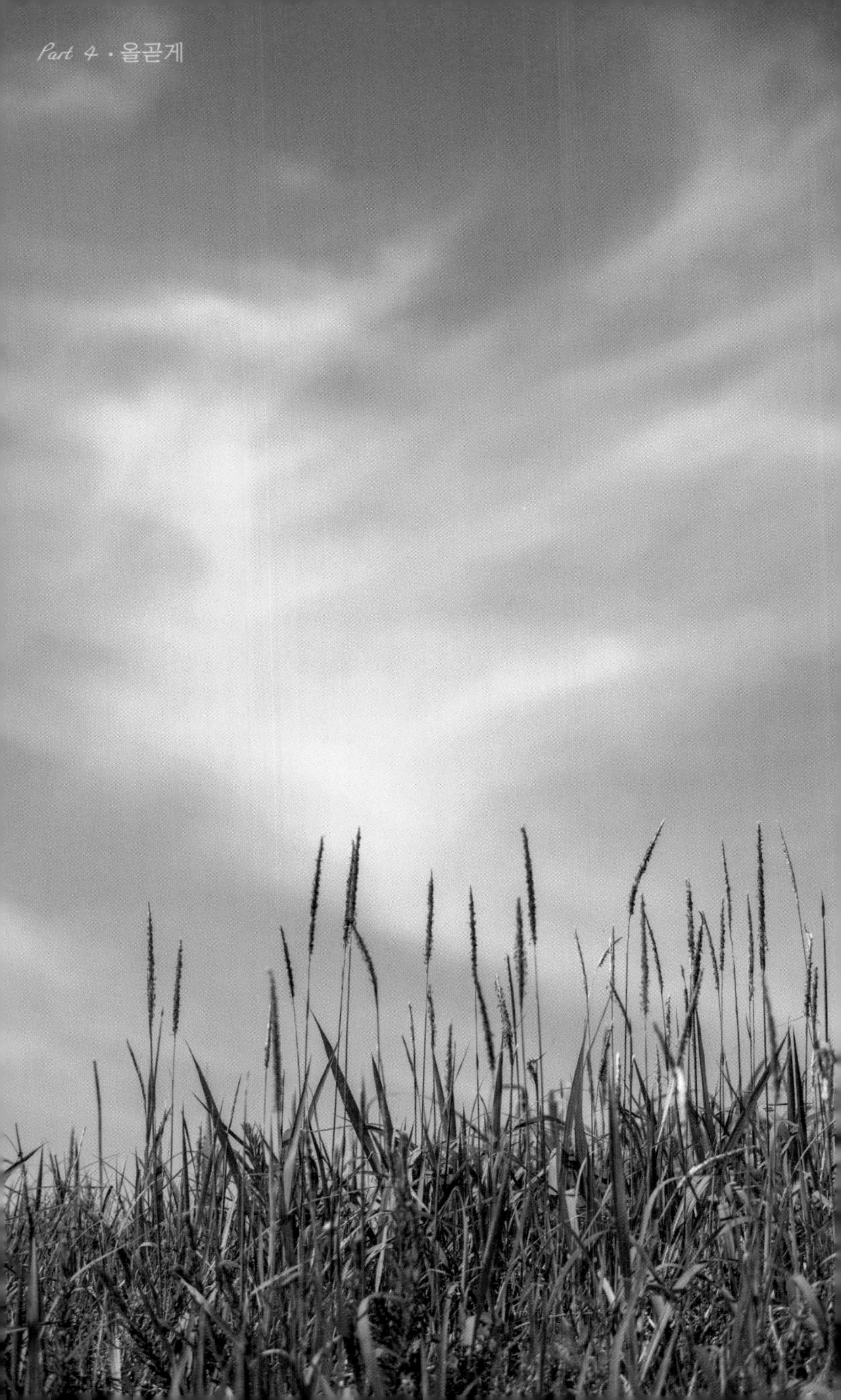

오월이 오면

어릴 땐 하늘이 파랄수록
웃음이 났는데
나이 드니 하늘이 파랄수록
울음이 여문다
엄마, 아버지
우리 어머니…
해어지고 멍든 마음
조각조각 끊어져
비행기 지나간 길처럼
길게 풀어진 오후
보이는 풍경마다 모두
해묵은 그리움이어라

엄마의 시간

전화기를 통해 들려오는
어눌한 노랫소리
가장 좋아했던 노래건만
띄엄띄엄 징검다리
한 소절 한 소절 기워
달팽이관에 넣는다

딸내미의 시간은
여전히 달음박질인데
느릿느릿 기어가는
엄마의 시간
흐릿한 기억이 절뚝절뚝
엇박자로 따라온다

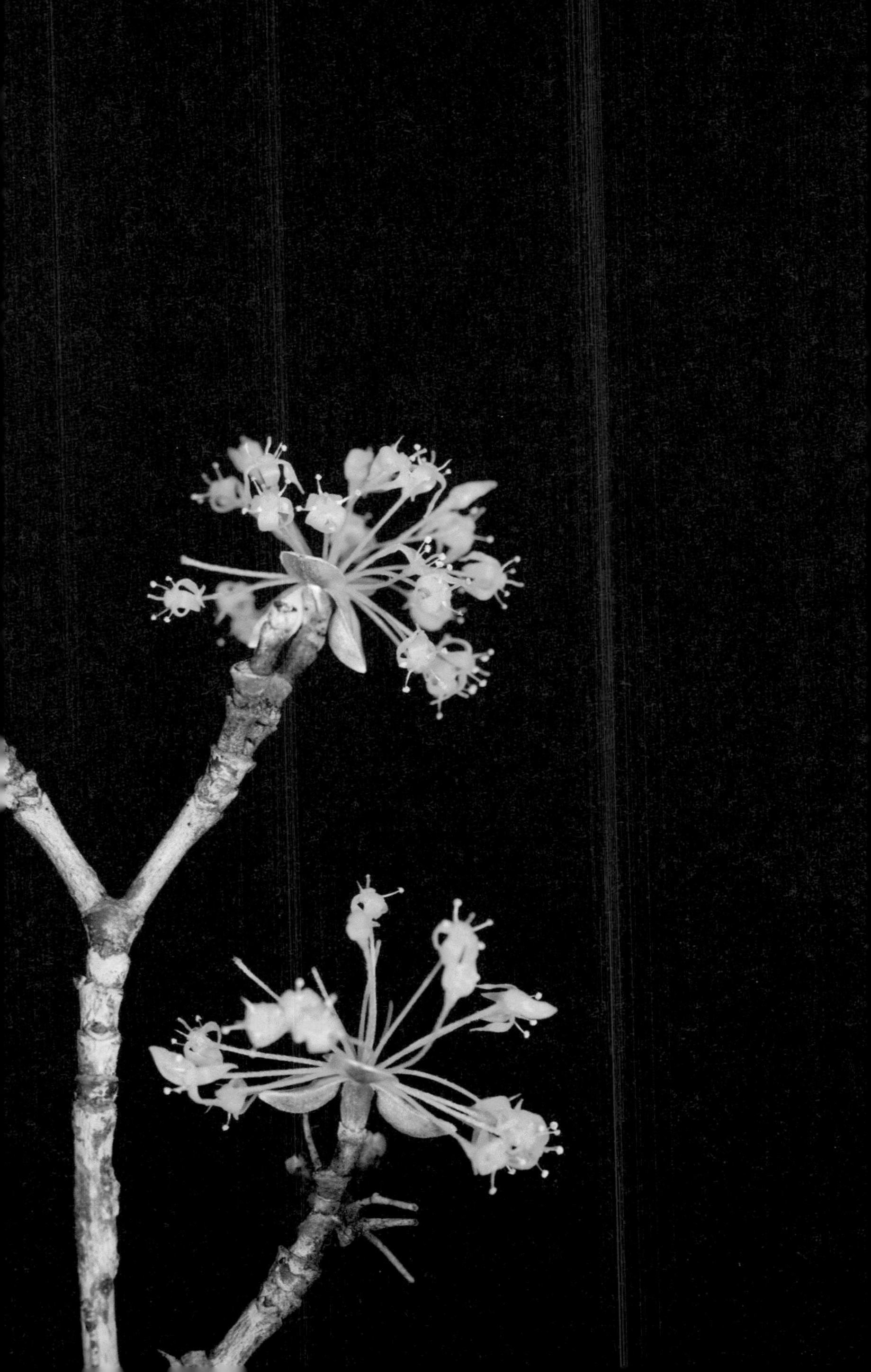

가까이 더 가까이

가까이 있다는 이유만으로
전화기 속의 사람보다
더 멀게 대접받는다면
얼마나 슬플까
등 뒤로 길게 밀려난
그림자가 외로운 시간

뒤돌아 마주하고 지그시
서로의 눈을 들여다보자
거기에 잊힌 사랑이
울고 있다
손 내밀어 꼬옥 잡고
가까이 더 가까이…

붙박이별 엄마

지금 외롭니?
그럼 하늘을 봐
어두울수록 눈빛 밝아지는
일곱 형제별과 얘기를 나눠 보렴
아무 말이라도 좋아
쓸데없다 하지 않고 다 받아줄걸

그래도 외롭다고?
그럼 더욱 더 하늘을 봐야지
홀로 있어도 흔들리지 않는
붙박이별 엄마에게 손 내밀어 보렴
세 살배기 아이처럼 응석 부려도
등 돌리지 않고 다 받아줄걸

친구에게

친구야, 놀~자
부르는 소리에
밥숟가락 내던지고
달려나가면
다음 밥때 되어서야
겨우 돌아섰었지

켜켜이 쌓인
세월의 무게만큼
이젠 너의 목소리도
아스라한데, 문득
차창 밖으로 스쳐간
저기 어디쯤의 집터

되감긴 낡은 필름 돌아가듯
집 앞에서 서성대는
너의 발소리
사라진 우물 속 어딘가
드리워진 두레박처럼
통 울리는 깊은 그리움

전원이 꺼져 있어

어느 순간
과거와 현재가 뒤섞이고
꿈과 현실의 둑이 무너진
우리 어머니
전화기의 쓸모가
사라져버렸다
툭 떨어지는 그리움에
어머님을 길게 눌렀는데
전원이 꺼져 있어…
들려오는 소리가
청명해서 더 서럽다

몇 번이나 눌러 듣다
우두커니 바라본 하늘
헤아릴 수 없이 많은 생각이
은하수처럼 흐른다
우리 어머니 성글어 가는 기억
싹싹 긁어 올려 보내면
별빛 깜빡이듯
빛나는 기억 찾아들까
가지런히 늘어선 저 흐름처럼
졸졸 풀려 말갛게
다시 살아날까

갑자기

음악을 듣고 있는데 갑자기
잃어버린 향기가 났다

꾸덕꾸덕 마른
생풀 모기향 너머 성큼
가까워진 별빛의 산란
낡은 금성 라디오에서
흘러나오는 구성진 옛 가요
까딱까딱 움직이던 아버지의
손가락에 걸린 낮은 허밍

음악을 듣고 있는데 갑자기
잊어버린 향기가 났다

바람을 가진다면

개미가 먹이 물어 나르듯
몇 번이나 오가며 장을 봐도
지겹지 않고
손에 물 마를 새 없이 씻고
지지고 볶아 음식 만들어도
힘들지 않았어

온다는 말에 문 열어 놓고
엘리베이터 앞을 서성일 땐
가슴이 울렁거렸는데
이 년 만에 보는 네 얼굴이
여전히 환하고 좋아 보여
가만히 안도했지

눈이 마주칠 때마다
웃는 것도 예쁘고
주면 주는 대로 사양치 않고
먹는 것도 좋아
내가 기억하는 식성
그대로라는 게 얼마나 기쁘던지

떠나는 너를 따라나섰더니
백 미터도 안 되는 길
다시 데려다줬어
차 사라진 뒤에도
한참이나 내 그리움이
맨발로 따라갔지

부모로서 가장 큰
바람을 가진다면
언제나 네가 돌아올 곳
만들어 두는 것
지치고 힘들 때
문 불쑥 열고 들어올 수 있도록

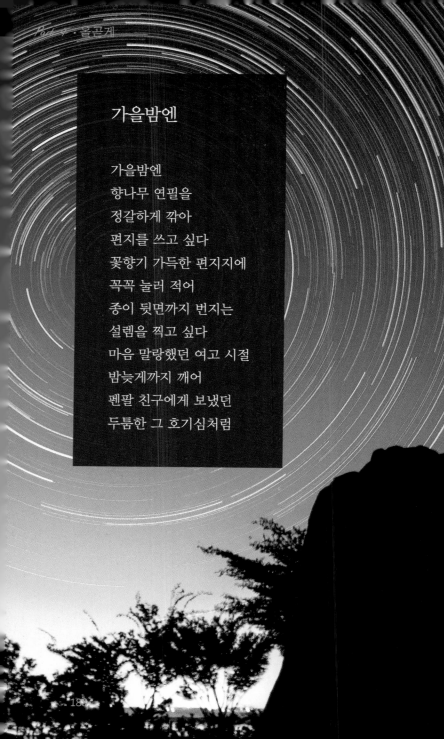

가을밤엔

가을밤엔
향나무 연필을
정갈하게 깎아
편지를 쓰고 싶다
꽃향기 가득한 편지지에
꼭꼭 눌러 적어
종이 뒷면까지 번지는
설렘을 찍고 싶다
마음 말랑했던 여고 시절
밤늦게까지 깨어
펜팔 친구에게 보냈던
두툼한 그 호기심처럼

좋아하는 색이 뭔지
혈액형은 무엇인지
어떤 꽃을 좋아하는지
시시콜콜한 일조차도
특별함으로 다가오던
얼굴 모르는 친구에게
마음 설레던
눈부신 감성의 시절
빛바랜 사진 속
세일러복 소녀는
아직도 수줍게
웃고 있는데

이제는 귀밑머리 하얀
늙은 소녀의 책장 속
낡은 편지함에서 도란도란
살아나는 옛이야기
좋아했던 향수병에 남은
마지막 한 방울 향기처럼
불현듯 터져 나온
해묵은 그리움
가을밤엔
향나무 연필을
정갈하게 깎아
편지를 쓰고 싶다

나도

몸은 한없이 가라앉는데
하지 않으면 안 될 일 눈에 밟혀
부스러진 힘의 조각
어렵게 모을 때
화선지에 피어나는 먹꽃처럼
위로로 번지는 글이 있다

하루에도 몇 번이나
움츠러드는 마음통에
메마른 후회가 깃들어
눈 곧게 마주치지 못할 때
맑은 샘물에 꽃잎 살랑 떨어지듯
촉촉하게 스며드는 글이 있다

나도
그런 글을 쓰고 싶다

–소민과 라휘의 시와 사진이 있는 풍경 2–

저 꽃눈처럼

초판 1쇄   2022년 2월 22일

지은이   박선숙, 권정열
발행인   김재홍
총괄/기획   전재진
마케팅   이연실
디자인   현유주

발행처   도서출판지식공감
브랜드   문학공감
등록번호   제2019-000164호
주소   서울특별시 영등포구 경인로82길 3-4 센터플러스 1117호{문래동1가}
전화   02-3141-2700
팩스   02-322-3089
홈페이지   www.bookdaum.com
이메일   bookon@daum.net

가격   13,000원
ISBN   979-11-5622-679-6   03810